CATALOGUE

AQUARELLES, DESSINS ET SÉPIAS

PAR

RAFFET

DONT LA VENTE AURA LIEU

Le Samedi 21 Avril 1860, à 3 heures précises

HOTEL DROUOT, SALLE N° 5

PAR LE MINISTÈRE DE **Me ESCRIBE**, COMMISSAIRE-PRISEUR

Rue Saint-Honoré, 217

ASSISTÉ DE M. FRANCIS PETIT, EXPERT

Rue de Provence, 43

EXPOSITION PARTICULIÈRE

LE JEUDI 19 AVRIL 1860, DE 1 HEURE A 5 HEURES

EXPOSITION PUBLIQUE

LE VENDREDI 20 AVRIL 1860

1860

CONDITIONS DE LA VENTE

Elle sera faite au comptant. — Les acquéreurs payeront, en sus des adjudications, 5 pour 100, applicables aux frais de la vente.

Vente d'aquarelles appartenant à Mᵉ Charles Turne fils.

CATALOGUE

Rocton.

~~Bertou~~ 1   Allégorie (15 août 1769).   *62*

(*fould*)
        Mine de plomb.

Roctou.
        2   Prise de la Bastille (14 juillet 1789).
fould.
            La foule se précipite et envahit les cours. Les invalides, assaillis, ne   *240*
            sont arrachés à la fureur du peuple que par le dévouement des gardes
            françaises.

                        THIERS. *Révolution française*, liv. II.

                        Mine de plomb.

        3   Le bonnet rouge (20 juin 1792).

Besrus.
            Vive la nation ! s'écrient les assaillants. — « *Oui*, reprend Louis XVI,   *210*
            vive la nation ! je suis son meilleur ami. — Eh bien ! faites-le voir, »
            lui dit un de ces hommes en lui présentant un bonnet rouge au bout
            d'une pique.

                        THIERS. *Révolution française*, liv. VI.   *512*

                        Mine de plomb.

4   Enrôlements volontaires (août 1792).

> Des amphithéâtres étaient élevés au milieu des places publiques, et des officiers municipaux y recevaient, sur une table portée par des tambours, le nom de ceux qui venaient s'enrôler volontairement.
>
> THIERS. *Révolution française*, liv. VII.

Mine de plomb.

5   Massacre des prisons ; Journées de septembre 1792.

> Ce terrible président (Maillard) s'assied aussitôt devant une table, place sous ses yeux le registre des écrous, s'entoure de quelques hommes pris au hasard pour donner leur avis, en dispose quelques-uns dans la prison pour amener les prisonniers, et laisse les autres à la porte pour consommer le massacre..... On amène d'abord les Suisses détenus à l'abbaye.
>
> THIERS. *Révolution française*, liv. VIII.

Aquarelle.

6   Massacre des prisons.

Mine de plomb.

7   Adieux de Louis XVI à sa famille.

> Dans ce moment, la reine l'avait saisi par un bras, madame Élisabeth par l'autre, madame Royale tenait son père embrassé par le milieu du corps, et le jeune prince était devant lui, donnant la main à sa mère et à sa tante. Au moment de sortir, madame Royale tomba évanouie.
>
> THIERS. *Révolution française*, liv. XI.

Aquarelle.

2102

510

8 Triomphe de Marat.

Deux officiers municipaux marchent en tête du cortége. Marat, élevé sur les bras de quelques sapeurs, le front ceint d'une couronne de chêne, est porté en triomphe.

THIERS. *Révolution française,* liv. XIII.

Aquarelle.

500

9 Mort de Bonchamps.

Ce jeune héros, étendu sur un matelas et près d'expirer d'un coup de feu dans le bas-ventre, avait demandé et obtenu la grâce de quatre mille prisonniers que les Vendéens traînaient à leur suite et qu'ils voulaient fusiller.

THIERS. *Révolution française,* liv. XVIII.

Aquarelle.

10 Mort de Bonchamps.

Mine de plomb.

2.5

11 Marie-Antoinette devant le tribunal révolutionnaire.

435

Aquarelle.

3802

3802

710

12 La dernière charrette.

Ce misérable (Henriot) était ivre ; il s'agitait sur son cheval et bran-
dissait son sabre comme un frénétique. Par un hasard fatal il rencontre les charrettes. En apprenant l'arrestation de Robespierre, on les
avait entourées. On voulait faire rebrousser chemin aux condamnés.
Henriot, survenant en cet instant, s'y opposa et fit consommer encore
cette dernière exécution.

THIERS. *Révolution française*, liv. XXIII.

Aquarelle.

13 Insurrection du 1er prairial an III.

Boissy d'Anglas demeura calme et impassible au milieu de cette
épouvantable scène. Les baïonnettes et les piques environnent sa tête.
On apporte une tête au bout d'une baïonnette. C'était celle de Féraud,
que des brigands avaient coupée. Ils la promènent dans la salle au
milieu des hurlements de la multitude.

THIERS. *Révolution française*, liv. XXVIII.

Aquarelle.

14 Journée du 13 vendémiaire 1795.

Bonaparte fait avancer ses pièces et ordonne une première décharge.
Les sectionnaires répondent par un feu de mousqueterie très-vif. Mais
Bonaparte, les couvrant de mitraille, les oblige à se replier sur les de-
grés de l'église Saint-Roch.

THIERS. *Révolution française*. liv. XXX.

Aquarelle.

15   Passage du Tagliamento.

Bonaparte donne le signal. Les grenadiers des deux divisions entrent dans l'eau, appuyés par des escadrons de cavalerie, et s'avancent sur l'autre rive.

THIERS. *Révolution française*, liv. XXXV.

Mine de plomb.

16   Veille de la bataille de Rivoli.

A la faveur d'un magnifique clair de lune, le général en chef observe les forces de l'ennemi, et, d'après les feux de ses bivouacs, il l'évalue à plus de quarante mille hommes.

Histoire de Napoléon, de NORVINS, chap. VIII.

Aquarelle.

17   Bataille des Pyramides.

Le visage de Bonaparte rayonnait d'enthousiasme. Il se mit à galoper devant les rangs des soldats, et leur montrant les Pyramides : « Songez, s'écria-t-il, songez que du haut de ces pyramides quarante siècles vous contemplent. »

THIERS. *Révolution française*, liv. XXXIX.

Mine de plomb.

18   Bonaparte au 18 brumaire 1799.

> Bonaparte est confondu au milieu de la foule qui le presse. Les grenadiers qu'il avait laissés à la porte accourent, repoussent les députés et le saisissent au milieu du corps. On dit que dans ce tumulte des grenadiers reçurent des coups de poignard qui lui étaient destinés.
>
> Thiers. *Révolution française*, liv. xliv.

Aquarelle.

19   Bonaparte au 18 brumaire 1799.

> A la vue de Bonaparte et de ses soldats, des imprécations remplirent la salle. — Les grenadiers, effrayés du péril qui menaçait leur général, se précipitent, culbutent tout ce qui s'oppose à leur passage, en s'écriant : « Sauvons notre général! », et ils l'entraînent hors de la salle.
>
> Norvins. *Histoire de Napoléon*, chap. xvi.

Mine de plomb.

20   Bataille d'Héliopolis.

> Le jour commençait à poindre; Kléber, monté sur un cheval de grande taille, vint montrer aux soldats cette noble figure qu'ils aimaient tant à voir.......... « Mes amis, leur dit-il en parcourant les rangs, vous ne possédez plus en Égypte que le terrain que vous avez sous vos pieds. Si vous reculez d'un seul pas, vous êtes perdus. » Le plus grand enthousiasme accueillit partout sa présence et ses paroles.
>
> Thiers. *Consulat et Empire*, liv. v.

Aquarelle.

Richard   7777

21   La garde consulaire à Marengo.   705

Les grenadiers de la garde consulaire, toujours en carré comme une citadelle vivante au milieu du champ de bataille, remplissent le vide entre Lannes et les colonnes de Carra Saint-Cyr. Ces braves gens restent inébranlables sous les assauts d'une multitude de cavaliers.

THIERS. *Consulat et Empire*, liv. IV.

Aquarelle.

Cain.

22   Bataille de Hohenlinden.   520

Richepanse forme aussitôt la 48ᵉ en colonne, et, marchant l'épée à la main au milieu de ses grenadiers, pénètre dans la forêt..... puis rencontre deux bataillons hongrois. Il veut soutenir de la voix et du geste ses braves soldats, mais ils n'en ont pas besoin. « Ces hommes-là sont à nous, s'écrient-ils, marchons. » On marche en effet et on culbute les bataillons hongrois.

THIERS. *Consu at et Empire*, liv. VII.

Aquarelle.

Petit

23   Bonaparte nommé consul à vie reçoit les félicitations   260
du sénat.

Aquarelle.

Richard

24   Capitulation d'Ulm (20 octobre 1805).   650

Napoléon placé au pied du Michelsberg, en face d'Ulm, vit défiler sous ses yeux l'armée autrichienne....... Le général Mack se présente le premier et lui remit son épée en s'écriant avec douleur : « Voici le malheureux Mack. » Napoléon le reçut, lui et ses officiers, avec une parfaite courtoisie et les fit ranger à ses côtés.

THIERS. *Consulat et Empire*, liv. XXII.

Aquarelle.

9912

9912

560

25 Lutzen (2 mai 1813).

Martin

Napoléon voyait tomber à ses pieds une foule d'officiers et de soldats. Jamais il ne s'exposa davantage... Il prévoit, commande, répare et conduit tout au sein de la plus affreuse mêlée.

Histoire de Napoléon DE NORVINS, chap. XXXVII.

Aquarelle.

---

26 Job et ses amis.

Leroy Ladurée

240

11. Cependant, trois amis de Job, ayant appris tous les maux qui lui étaient arrivés, vinrent chacun de son lieu... Car ils s'étaient concertés pour venir le visiter ensemble et le consoler.

13. Ils demeurent avec lui durant sept jours et sept nuits, et nul d'eux ne lui dit aucune parole, parce qu'ils voyaient que sa douleur était excessive.

La sainte Bible (Trad. de LEMAISTRE DE SACY), JOB, chap. II.

Aquarelle.

27 Daniel dans la fosse aux lions.

De la fontaine

210

30. Ils le jetèrent aussitôt dans la fosse des lions et il y demeura six jours.

La sainte Bible (Trad. de LEMAISTRE DE SACY), DANIEL, chap. XIV.

Aquarelle.

28 Les Machabées.

Mermoz

110

26. — Alors il y eut un grand deuil parmi le peuple d'Israël, et dans tout leur pays.

27. — Les princes et les anciens furent dans les gémissements, les vierges et les jeunes hommes dans l'abattement, et la beauté des femmes fut toute changée.

La sainte Bible (Trad. de LEMAISTRE DE SACY). *Les Machabées*, liv. I.

Mine de plomb.

11.072

11072

180

29 Résurrection de Lazare.

> 43. Ayant dit ces mots : Il cria d'une voix forte : « Lazare, venez dehors. »
>
> 44. A l'heure même, le mort sortit ayant les pieds et les mains liés de bandes, et le visage enveloppé d'un linge. — Jésus leur dit : Déliez-le, et laissez-le aller.

> *Évangile selon saint Jean* (chap. xi, trad. de LEMAISTRE DE SACY).

Aquarelle.

30 Héroïsme des femmes de Sagonte.

120

Sépia.

31 Le vase de Soissons.

115

> Comme cet homme se baissait pour ramasser son arme, Chlodowig leva sa propre hache et lui fendit la tête en s'écriant : « Qu'il te soit fait ainsi que tu as fait au vase l'an passé dans Soissons. »

> HENRI MARTIN, *Histoire de France*, liv. VIII.

Sépia.

32 Bataille de Guadalete.

370

Sépia.

33 Abd-el-Rhaman, calife de Cordoue, se réconcilie avec Abd-Allah.

210

Sépia.

12,167

12,167

80

34. Saint Louis en prière.

Didier

Aquarelle.

35 Mariage de Charles de Blois et de Jeanne de Pen-
thièvre (XIV⁼ siècle).

Giacomelli

360

Aquarelle.

36 Le roi Jean à Poitiers.

Lemercier

395

Le roi Jean, aussi brave homme d'armes que mauvais général,
donnait l'exemple à tous, une lourde hache au poing. Il avait à ses
côtés le jeune Philippe, duc de Touraine, enfant de treize ans, qui,
bien différent de ses frères, gagna en cette journée le nom de Hardi,
car il ne quitta pas le roi, lui criant sans cesse : « Père, gardez-vous
à droite, gardez-vous à gauche » à mesure qu'il voyait les ennemis
approcher.

HENRI MARTIN. *Histoire de France*, liv. XXX.

Aquarelle.

37 Supplice de Jeanne d'Arc.

Du Ratelet

130

Sépia.

38 François I⁼ armé chevalier par Bayard.

Courmès

310

Après la victoire, le roi voulant honorer par-dessus tout messire
Pierre de Bayard, qui s'était montré tel qu'il avait accoutumé en pareil
cas, se fit conférer l'ordre de chevalerie de la main du bon chevalier
sans peur et sans reproche.

HENRI MARTIN. *Histoire de France*, liv. XLVI.

Aquarelle.

13,442

13,44℮

175

39 Combat sous les murs d'Alger (expédition de Charles-Quint).

..... On rapporte qu'à ce moment, le chevalier Ponce de Balaguer, qui tenait l'étendard de l'Ordre, furieux de se voir arrêté dans sa poursuite, s'élança contre la porte et y planta son poignard.

Histoire de l'Algérie, de LÉON GALIBERT, chap. IX.

Sépia.

40 Épisode de la Saint-Barthélemy.

Aquarelle.

3/0

41 Henri IV à Ivry.

Sépia.

100

42 Débarquement des troupes françaises à Sidi-Ferruch (14 juin 1830).

310

La première division, une fois formée, se disposa à marcher immédiatement contre les dunes occupées par les Arabes..... Nos soldats s'élancent au pas accéléré, chassant devant eux une horde de cavaliers arabes qui cherchaient à s'opposer à leur passage, et se trouvent en un clin d'œil au pied des redoutes.

Histoire de l'Algérie, de LÉON GALIBERT, chap. XI.

Sépia.

14,317

14, 3.

2 3

43 Le dernier Abencerage.

> Il (Aben-Ahmet) entrevit au pied d'une colonne une figure immo-
> bile, qu'il prit d'abord pour une statue sur un tombeau; il s'en
> approche; il distingue un jeune chevalier à genoux, le front respec-
> tueusement incliné et les deux bras croisés sur sa poitrine.
>
> CHATEAUBRIAND. *Aventures du dernier Abencerage.*

Aquarelle.

———

ANCIENNE GARDE IMPÉRIALE

44 Napoléon Iᵉʳ. Portrait équestre, uniforme de chasseur à cheval.

Aquarelle.

3 ∫

45 Porte-drapeau des grenadiers à pied.

Aquarelle.

3 2

46 Grenadier à pied. — Chasseur à pied.

Aquarelle.

1 ∫

1 ∫, 37

15 · 377

315

47   Tambour-major des grenadiers à pied.

Aquarelle.

48   Musicien. — Sapeur des grenadiers à pied.

Aquarelle.

145

49   Fusilier-chasseur. — Fusilier-grenadier.

Aquarelle.

155

50   Tirailleur. — Voltigeur.

Aquarelle.

205

51   Sapeur du génie. — Canonnier à pied.

Aquarelle.

150

52   Marin de la garde.

Aquarelle.

155

53   Pupille. — Grenadier (3e régiment).

Aquarelle.

185

16,687

54   Grenadier à cheval, porte-étendard.   *180*

Van Emyck

Aquarelle.

55   Dragon de l'impératrice.   *260*

Bryan

Aquarelle.

56   Chasseur à cheval.   *290*

Lemerciet

Aquarelle.

57   Mameluck.   *140*

Vernier

Aquarelle.

58   Chevau-léger, lancier.   *165*

Van Emyck

Aquarelle.

59   Lancier rouge.   *300*

Giacomelli

Aquarelle.

60   Garde d'honneur.   *200*

Rocton

· Aquarelle.·

18,222

18 - 222

61   Artillerie à cheval, maréchal des logis.   2 55

Aquarelle.

62   Gendarme d'élite.   175

Aquarelle.

63   Vétéran.   160

Aquarelle.

64   Grenadier du bataillon de Fontainebleau et flanqueur.   150

Aquarelle.

65   Spahis (1845).   70

Aquarelle.

66   Cavaliers rouges d'Abd-el-Kader (1845).   80

Aquarelle.

67   Chasseurs d'Afrique (tenue de guerre, 1845).   86

Aquarelle.

19.198

68   Zouave (1845).

70

Gironotti

Aquarelle.

69   Infanterie légère (voltigeurs, 1845).

87

Van Cuyck

Aquarelle.

70   Infanterie régulière d'Abd-el-Kader (1845).

56

Benguiet

Aquarelle.

19.411

PARIS. — IMPRIMERIE DE J. CLAYE, RUE SAINT-BENOÎT, 7.